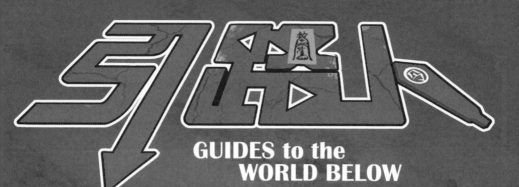

GUIDES to the
WORLD BELOW

④

漫畫—　　編劇—
羅寶　✕　桑原

Contents

不痛不癢

同……同時擁有五個神通？

……

官官，還好奇妳跟他打誰會贏嗎？

光是瞿迦梨的神足通就夠麻煩了，

瞿迦梨的實力大概也就是提婆達多的一根小指頭吧。

但，你剛剛跟城隍說如果那頭怪物還在就簡單多了，

代表……有一隻怪物可以阻止瞿迦梨對吧？

如果是他，當然可以克制神足通，

喔？記性不錯。

方法還出乎意料地簡單。

他？

所以是人？
不是真的怪物？

他已經銷聲匿跡很久了。

那為什麼不趕快請他來幫忙？

他是站在我們的陣營嗎?

一開始確實是,但大家虧欠他太多,

我們也不確定……真到危急關頭,

他願不願意現身幫助我們。

那個人……到底是誰?

不重要,別把籌碼押在別人身上。

安仔說得沒錯,

你們必須先提升自己的實力。

喔喔喔!又要特訓了嗎?

太好了!!

不……

妳已經有保護自己的能力了，

要特訓的人只有周。

欸!?

在忘川河時，你跟人型看板沒什麼差別，

沒有靈力，教你什麼都只是浪費我的力氣而已。

但現在情況不同了，

諦聽的好意可不能白白浪費。

楞嚴咒可是咒中之王，

妳確定妳已經完全掌握了嗎？

我……我全都學會了啊！

是嗎？

那妳用楞嚴咒心攻擊我試試看吧。

安仔！
你又在胡鬧了！

這裡可是城隍處！

什、什麼？

也是，那我們
換個地方吧。

……好！

可惡！居然瞧不起我！

我知道速度是妳的弱點，

放心吧，我不會用體術欺負妳的。

唵嘛呢——

只可惜我不是餓鬼。

六字大明咒的威力也比在忘川河時強許多，

如果當時有這種程度，餓鬼是逃不出去的。

！？

八爺，

官官她……有辦法傷到七爺嗎？

官官她……真的進步很多。

但即便是這樣，以目前而言，

要傷到安仔……說實話，不太可能。

但純論戰鬥力，

靈界打得贏他的真的沒幾個。

七爺……真的有這麼厲害？

嗯，雖然他總是一副吊兒郎當的樣子。

15

第二，大概是因為被諦聽虐過，

再怎麼移動妳都不敢太靠近對手。

這樣的距離可以讓妳保持安全……

但相反地……

楊枝淨水露！

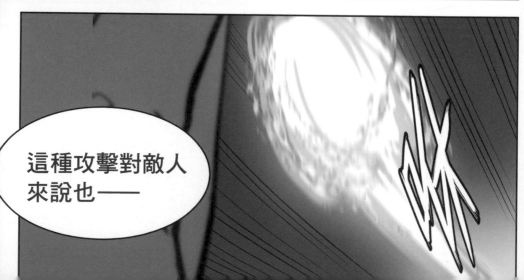

這種攻擊對敵人來說也——

引路人

第六十條路

又是你

淨水露？

不是什麼高端的法術……

但有試著針對我的三昧真火，

還算有動腦。

可惜三昧真火不是普通的火焰，

水是無法熄滅的。

果然還是只能靠楞嚴咒心了嗎……

哆侄他 唵 阿那隸 毗舍提——

喔？敢靠近對手了？

22

鞞囉跋闍囉陀唎——

這可比忘川河時強了好幾倍，再加上這樣的距離……

！

！

第三，也是最致命的缺點……

妳的楞嚴咒心，

根本還沒練到家。

轟轟轟

啊啊啊啊啊啊！

啊啊啊啊啊啊！

知道為什麼是手嗎？

使用咒術最基本的常識：
保護好用來結印的雙手。

啊啊啊……

自己多練練吧。

……

等一下……

不認輸？

不⋯⋯我輸了。

真是的，輸給諦聽，
又輸給你，

連一點反擊能力
都沒有。

但是⋯⋯我不想
再輸下去了。

……謝謝七爺。

矮子，

幫她的手治療一下。

！

順便教她「元神」吧，

她遲早要學的。

……嗯。

喂。

怎、怎麼了？

是說……

我們現在要去哪？

不、不是你叫我跟你走的嗎？

剛剛還講得這麼帥……

上次闖入禁地，

老頭……老大碎念了一個多月。

靈界不太方便，隨便打個架就會引起騷動，

我可不想再闖禍。

你不是才剛闖禍完嗎……

那人間呢？

……就是這樣。

總之，在靈界幹這種事很不方便。

不如你們的地方借用一下吧。

!?

又……

又是你!?

第六十一條路

破界計畫

為什麼不行？

現在跟妳回去，

相信妳也知道，

小王爺並不是
一般的孩子。

反而是讓他冒
更大的風險。

你這句話是什麼意思？
你覺得我保護不了他？

不敢。

但不論是敵人
潛在的威脅，

或是大眾對小王爺
的既定印象……

現在讓小王爺回歸社會，

都不是明智之舉。

……別以為我不知道你們只是在利用那孩子。

……

守娘，抱歉，

沒能抓住瞿迦梨……

但公權力可以保護小王爺，

跟著我們是最安全的。

我保證，不會再讓他陷入這種危險。

別忘了你
說過的話。

……

如果再發生這種事，

我就算毀掉一切，
也會把子言搶回來。

小范，

你也覺得我在利用小王爺嗎？

我不像三哥這麼聰明，

但我相信你做事一定有理由。

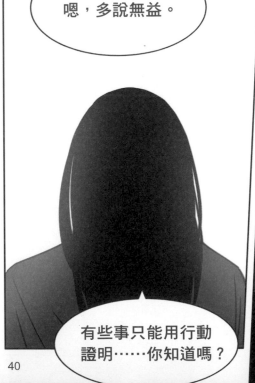

嗯，多說無益。

有些事只能用行動證明……你知道嗎？

有時候我也蠻喜歡你這種內斂的個性的。

喀啦

小王爺，
是我們。

……遇見我媽了？

剛剛在一樓
走廊聊了一下，

她很關心你呢。
想出院了嗎？

可以離開這裡？

41

其實我有一個方式可以讓你恢復靈力……

……

只是……這個方法，

我們彼此都要做出一點犧牲。

恢復靈力之後再去殺下一個金魅？

……

罪魁禍首是瞿迦梨，你只是——

她是好人，是因為我……

沒關係，

．．．．．

要不要用我的方法，你可以出院後再慢慢決定。

總之，我們先離開這裡吧。

唔……

傷口狀況還好嗎？

可能還需要一段時間。

不要緊，慢慢休養吧，

剛好我們也要先避一陣子風頭。

北中南的引路人都動員了，

在你的腳康復前，我們先靜觀其變。

……

那個叫小王爺的，

真有這麼厲害？

三聞達多，我知道你想說什麼，

答案是不行。

嘖。

連天啟者都已認可你的實力，

那就應該發揮在正確的位置上。

三聞達多，別打小王爺的主意，

你有自己的任務。

哼，要不是你有神足通，

和小王爺交手的機會豈會讓給你這種庸才。

只要計畫能完成，

隨你怎麼說。

瞿迦梨說得沒錯，

「破界計畫」不能有任何閃失，

下一個目標訂好了嗎？

我已經找到了適合人選了，

雖然不比小王爺，但靈力也不容小覷。

待我痊癒後，就可動手。

是誰？

第六十二條路
元神

……

官官，妳還在生安仔的氣嗎？

啊，沒有。

我是在生自己的氣，

真沒用，對手總是毫髮無傷。

諦聽和七爺都是頂尖的高手，

妳只是運氣不好而已。

唉～不管怎麼樣，

我又錯過變強的機會了。

那可不一定唷。

絕技！喔喔喔！

是比楞嚴咒更厲害的招式嗎？

雖然安仔和周去修練了，

但他臨走前，有叫我傳授妳一項絕技呢！

所以安仔才說妳太小看楞嚴咒了吧。

不是的，

比楞嚴咒更強的咒術對妳來說太危險了。

我要教的是一個能夠大幅補強妳不足的輔助方式

是指我的速度嗎？該不會是叫我每天跑十公里吧……

不是……

又不是埼玉老師……

要教妳的叫「元神」，

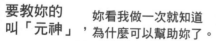

妳看我做一次就知道為什麼可以幫助妳了。

什麼都沒做……

杯子就裂開了……

並不是什麼
都沒做，

我剛剛其實
施展了咒術。

但你沒有結印
也沒有持咒……

這就是元神的作用啦。

咒術者最明顯的弱點就在於，

持咒和結印過程中容易受到攻擊⋯⋯

雙手更是明顯的要害，

只要針對咒術者的手，就能輕鬆地限制他們行動。

的確⋯⋯

而元神則是透過靈力來達成持咒和結印的效果，

又可以釋放雙手的空間。

這是每一個邁向高階的咒術者必定要學習的招式，

更重要的是——

不對！

！

呼……

呼呼呼……

辛苦啦！
嘎。

……晚餐
帶回來了，

他們有休息過嗎？

沒有，嘎，已經
兩個禮拜了，

每天都從大清早
練到現在……

我再慢動作示範一次，

你給我看仔細一點。

呼呼……是。

先把靈力集中在你的手上。

再用三昧把靈力濃縮在你的拇指和食指。

就可以使出最基礎的三昧真火。

唭房

集中。

提煉。

燃燒。

就這麼簡單。

哪裡簡單？

我知道了……

我再練習
一下……

你最好
快點學會，

在你沒學會之前
我們是不會離開
這裡的。

什麼 !?

那……引路工作
怎麼辦？

當然就是交給
矮子和官官，

你拖越久他們
工作量就越大。

61

但現在肚子
有點餓了。

叮

喔？

你們還真是
好客的小東西啊。

不……我覺得你誤會
他們的心思了……

今、今天的晚餐
快準備好了。

再給我們半個小時，
一定可以完成！

嘎吱吱！

你也來吃吧，

吃飽了才有
體力繼續練。

啊，我也
可以吃嗎？

太好了。

第六十三條路

丟人現眼

七爺和一個
小夥子？

你確定你
沒有看錯嗎？

我才想
問你們，

為什麼我會
遇到這種狀況。

我甚至一度懷疑，

是你們想做掉我才安排
我去那裡執行計畫的呢！

你沒有輕舉
妄動吧……？

白無常可是我
夢寐以求的對手，

要不是為了救出
天啟者，我倒是很
期待和他過上幾招。

但是，怎麼會這麼剛好……難道消息走漏了？

別急，

將來總有一天會讓你跟他交手的。

不可能的，破界計畫只有我們三人知道，

我想只是湊巧而已。

……

這樣最好。

……三聞達多，

在瞿伽梨的腳復原
之前，行動務必謹慎。

……

發、發生什麼事了嘎,

尪仔,你被襲擊了嗎?

我回來時……

遇到一個陌生男人闖進我們的結界……

我上去嚇唬他,

想要叫他離開嘎……

但他一下子就把我……

他……
很危險……

他不是一般人……

！

你幹什麼！

先別說話，

閉上眼睛
休息一下。

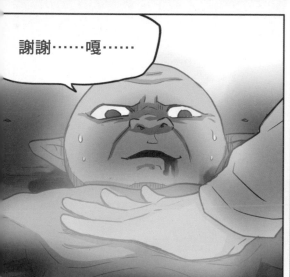

謝謝……嘎……

南無薄伽伐帝，
鞞殺社，

窶嚕薜琉璃……

這是……藥師咒……

……

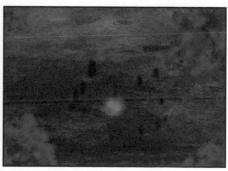

尪仔怎麼樣了，嘎……

傷勢太重了，

至少離開時能減少一點痛苦。

……

都是你們……

都是你們硬要
闖來我們家，

尪仔才會遇上
這種事！

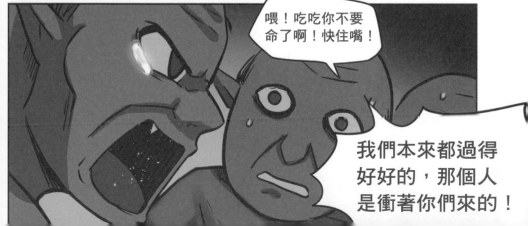

喂！吃吃你不要
命了啊！快住嘴！

我們本來都過得
好好的，那個人
是衝著你們來的！

我不知道對方是誰、要做什麼……

七、七爺……

但我會把他揪出來，

一命抵一命。

……

七爺……

自己撿一片
葉子，

繼續練習。

……尪仔的死，
是我們害的吧？

乾脆我們
離開吧……

我說……

你什麼時候才要改掉
那天真的毛病？

！

你以為憑你現在的實力就能當上引路人？

你以為引路人是光鮮亮麗的工作？

引路人是執法者。

你知道執法者是什麼意思嗎？

意思是，

很多人恨不得吃你的肉、啃你的骨。

你有能力對抗他們嗎？

有能力保護自己、保護身邊的人嗎？

遇到事不是退縮就是說一堆廢話，

你連官官決心的一半都不到。

第六十四條路

紀念

你有能力對抗他們嗎？

有能力保護自己、保護身邊的人嗎？

遇到事不是退縮就是說一堆廢話，

你連官官決心的一半都不到。

可惡！

為什麼……

為什麼我什麼
都做不到……

哔哔哔——

哔哔嘶——

還是……
不行嗎……

啾 啾 啾 啾

啾 啾 啾 啾

嗯。

小子……

……

跑哪去了？

嘎……
是他做的嗎？

不會吧……

該不會……！

喂，讓開。

......

喂，起床。

哇啊啊！

啊啊啊，對不起！

一不小心睡過頭了！

啊！是！想說尪仔這樣太可憐了，

所以……就埋了……

那個你做的？

白癡，

別用人類的邏輯對待魔神仔。

是……知道了，

抱歉……

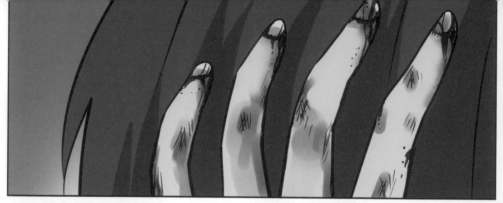

……你是
怎麼埋的？

啊！因為深山裡
沒有鏟子，
所以……

對不起，
是我自作主張……

我、我可以
恢復原狀……

……

怎麼樣？

需要把他挖出來嗎？

沒、沒關係，

這樣也……
蠻好的……

嗯……

至少有個地方可以紀念恎仔了。

……

去洗把臉，
準備上路了。

啊，七爺，
等等……

你又想幹嘛？

對不起，我想了
一晚……

我還是不想放棄……

可以再麻煩你繼續
訓練我嗎……

……

這可不是
我的地方，

你不該問我。

我、我們是很
樂意啦⋯⋯嘎⋯⋯

但也會擔心自己
的安全⋯⋯

這樣吧，在訓練
期間，我會再設
一層結界，

任何生物闖入，我都
會第一時間得知。

我不知道對方
到底是誰，

但要是他敢再來⋯⋯

對不起，讓你們遇到這種事⋯⋯

雖然這麼說很厚顏無恥，但⋯⋯可以繼續收留我們嗎？

⋯⋯好吧。

第六十五條路

激發

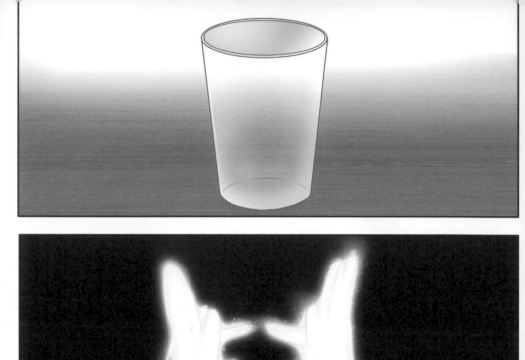

姆唔唔唔……

哈哈哈，
這樣才有感覺！

但話說回來，

一定要用杯子
練習嗎？

沒有一定啦，

只是玻璃的材質
比較適合初學者，
有一定難度但又
可以具體看到成果。

只有一定難度嗎？

總覺得很累人呢。

這就是元神
的副作用啦，

因為是用靈力
代替妳結印，所以靈力的消耗
量是很驚人的⋯⋯

不過往好處想，

這也是讓妳的靈力
大幅提升的機會。

安仔說你的楞嚴咒心還不夠火候，

很大一部分原因就是因為妳的靈力還不足以發揮楞嚴咒心的最大威力。

這樣啊……

好！那我要在這段時間加緊練習，

等他們回來嚇他們一跳！

哈哈，別忘了我們還是要繼續引路的任務喔！

那當然！

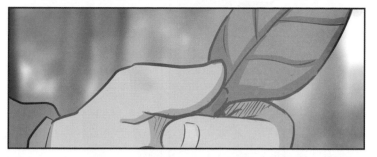

還是做不到嗎？

我、我覺得應該
快可以了⋯⋯

太概⋯⋯

怎麼跟當時
差這麼多？

這小子在耍我嗎？

諦聽留下的靈力絕對不只這麼一點，

問題是，怎麼把它引出來？

唉，憑你這樣也想考上引路考啊。

！

我、我知道，我會再加油的！

我看你乾脆放棄算了，你知道引路考的對手是誰嗎？

知道，小王爺。

他只是其中之一啊。

你以為引路考就是你和官官、小王爺三個人打一架？

廣澤尊王、
東嶽大帝、
溫王爺……

底下都培養了許多
年輕人才，為的就是
擠進這道窄門。

我、我會盡全力
試試的。

姑且不論實力，

你有超越他們
的決心嗎？

算了，讓城隍處丟臉
也沒什麼大不了的，

……這小子還是
一點銳氣都沒有。

你別扯官官
後腿就好。

當初在鬼門前
大言不慚的人
可是你，

還記得吧？

……而是因為
我想陪著妳一起。

就算我考不上引路考，

我也相信妳一定可以，

只是這次妳不會再是一個人，

我會和妳一起，

我想……看著妳成為最優秀的人……

就算我落後了……

也請讓我能繼續看著妳的背影前進。

說得是蠻動聽的，

要陪官官一起？
要看著她的背影
前進？

你真的覺得現在
的你看得到她的
背影嗎？

與其給她
這種期待，

告訴她，

你沒辦法
陪她，

還不如早早告訴
她真相吧？

你做不到。

……可以，

我做得到。

憑什麼？

就憑你出一張嘴？

還是憑你懦弱——

少囉唆！

我就是做得到！

瞬間⋯⋯就能到
這種程度⋯⋯

七、七爺！救⋯⋯
我的手燒起來啦！
快幫我滅火！

這可是我訓練
多年才能達到
的水準啊⋯⋯

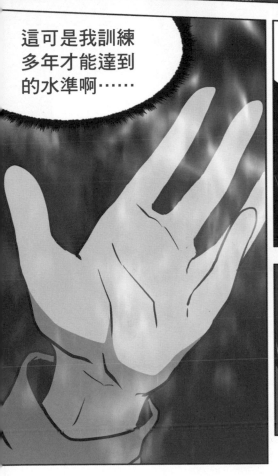

真沒想到⋯⋯

原來這傢伙的
開關是官官啊。

哇！
怎麼辦！

⋯⋯欸？怎麼⋯⋯
好像不會痛？

第六十六條路
北上支援

下個階段……？

如果只是燒片葉子，有需要跟別人借地方嗎？

那我們……接下來要練什麼？

接下來要做的事很簡單，

跟官官一樣……

規則也跟
之前一樣，

讓我受傷
就算你贏。

怎麼、怎麼可能
……連官官都——

又要開始
廢話了嗎？

……！

很好，

閉上嘴巴是成長
的第一步。

憑我現在的實力
是不可能的，

只能趁不注意
的時候……

我還沒說開始。

小子，這種下三濫的伎倆也想贏。

我們實力差這麼多！

怎麼可能傷到你啦！

唉，你跟官官都是頭腦簡單的傢伙。

?

我根本不期待你們能傷到我。

論頭腦，我不如吳王爺；

重點是透過實戰，

了解自己的不足。

論體術，諦聽也超越我……

論努力，我比不上矮子；

但真的打起來的話，

他們沒有一個是我的對手，

你知道為什麼嗎？

⋯⋯因為你比較冷血？

⋯⋯不是。

因為野獸的直覺。

直覺？

除了天賦之外，要培養這種能力，

我能在對戰中洞察對手的弱點，

當下決定要攻擊獵物的咽喉還是心臟。

最快的方式就是比別人多上一千、一萬倍的對戰經驗。

!?

他們也不清楚，

北部的妖怪怎麼會突然這麼密集地攻擊人類⋯⋯

妖怪已經被靈界的勢力制衡好幾百年了，

沒道理突然不顧自身和夥伴的性命⋯⋯

加上上一起事件已經是這個月第六次了，

而且怎麼會這麼剛好，全部發生在北部⋯⋯

嗯，目前人間都是以失蹤來報導，

但也有少數人類發現事有蹊蹺了。

老大，這樣說很不好意思，

雖然都是一些小妖怪，但日常的引路工作就已經很吃重了，

再加上安仔不在⋯⋯

小……王爺……？

吳王爺和小王爺可以北上協助引路工作。

嗯，千歲說南部有范王爺留守就夠了……

聽說是吳王爺主動跟千歲申請的，也不知道他葫蘆裡在賣什麼藥。

終於……終於要見到小王爺了！

可惜……周不在實在太可惜了！

而且小王爺現在不是沒有靈力嗎？

奇怪……難道又恢復了？

你們可以決定第一次要不要跟他們一起執行任務，

或是你們信任他們的實力，那就直接分頭——

要!!!

我要和他們一起執行任務，

只有一次也好！

妳可別丟城隍處的臉啊。

嗯，那好，官官⋯⋯

準備好了嗎？

嗯。

那走吧，

我們去台北晃晃。

第六十七條路

初次見面

嗯？

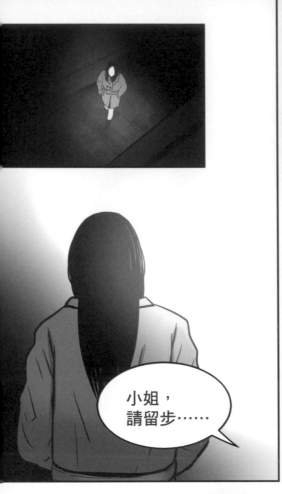

小姐，
請留步⋯⋯

天啊！
好帥的男人！

怎麼了呢？

官官，我知道妳很興奮，

咦？

但這次的任務要小心一點，

敵人可不是能輕鬆對付的小妖怪。

有八爺也無法制服的妖怪嗎？

那倒是不至於，

但要是大意，受傷還是有可能的。

放心放心，我不會大意的。

而且，不是還有王爺的協助嗎？

正是因為這樣，

所以這次城隍發給我們的是這陣子最棘手的案子。

是什麼妖怪呀？

台灣著名的蛇妖——

蛇郎君。

喔喔！我有聽說過他耶！

但傳說中他好像挺浪漫的？

……

嗯，是個把愛情當作生命全部的妖怪，

所以有件事想提醒妳……

怎麼了？

蛇郎君，怎麼說呢……

他的面貌相當俊俏，所以……妳身為女性千萬別……

哈哈哈哈，原來你在擔心這個呀！

放心吧！我是不會中美男計的！

該不會⋯⋯

而且我也有喜歡的對象了。

雖然我是不反對辦公室戀情啦，但⋯⋯

不可能⋯⋯一定是我多心了⋯⋯

雖然他很懦弱⋯⋯

能力差勁，做事又婆婆媽媽的⋯⋯

絕對是他！

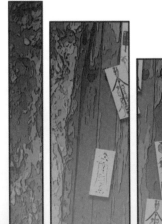

請稍等一會兒。

你們兩個最近出入還真頻繁啊,人間發生什麼大事了嗎?

啊,不知道為什麼,

有一些妖怪一直在搗亂。

妖怪啊,

妳這小妮子應付得來嗎?

大塊頭!

我跟那時候不一樣了,

可別瞧不起我,

小心我揍飛你!

哥,你有發現嗎?

那小女孩的靈力似乎突飛猛進了。

不知道這麼短的時間內,八爺教了她什麼。

看來你不討厭引路人了?

哼,相處久了就發現他們其實也蠻可愛的⋯⋯

也是。

畢竟他們四個也⋯⋯!

⋯⋯回去工作吧⋯⋯

嗯⋯⋯奇怪,突然有一股不舒服的感覺⋯⋯

看起來一切都蠻正常的，這種地方真的有妖怪嗎？

這一帶以前是村落，

後來改建成都市，但蛇郎君一直沒有搬遷。

是喔，這樣不是很容易被發現嗎？

蛇郎君跟一般的小妖怪不一樣，他已經修成人形了，

平常時候，他都躲在城市陰暗的角落裡，

所以更不容易發現。

那我們要去哪裡抓他？

我們是跟吳王爺約在巷子口，

也就是上次他肇事的地點，前面轉角就到了。

八爺，好久不見了。

好強的氣場……

吳王爺，
好久不見，

這次真的要謝謝
你們的幫忙……

……

他就是……
小王爺……

小王爺，
打個招呼吧。

初次見面，

請多指教⋯⋯

第六十八條路

蛇郎君

呵呵，這就是要參加引路考的那個小女孩吧？

別緊張，

我不是來刺探敵情的，

純粹幫忙而已。

小王爺，你好嗎？

我是八爺，請多指教。

⋯⋯⋯⋯

別介意，

他不習慣跟外人交談。

嗯，沒關係，

他的情況我都聽說了。

我們盡快開始執行任務吧。

雖然知道蛇郎君會在附近出沒，

但這裡的巷弄這麼多，

要怎麼找到他也是個問題……

還是我們分頭去找吧？

也是，那要怎麼找到他呢？

是也不必，

分散資源只是提高個體風險而已。

不用找他。

等他來找我們就行了。

原來如此，

從蛇郎君的目標著手，確實是個好方法。

現在才發現，

有個聰明的夥伴真可靠啊⋯⋯

我的夥伴老是在搞破壞⋯⋯

說到這個，

七爺有說他們的訓練會持續多久嗎？

沒有，

他做事就是這麼任性⋯⋯

真可惜，

原本以為這趟上來有機會跟他打個招呼的。

順便也認識一下另一位
「實習引路人」。

都不知道他
有沒有辦法熬過
安仔的特訓——

噓！

走！官官，務必小心。

是！

我們也去吧，

你只要在旁邊看就好了。

嗯。

我就直話直說吧，

我們的任務不是消滅你，

閣下是？

只要你不再作亂，

我們就當什麼事都沒發生過。

南鯤鯓吳府千歲。

哼，原來是代天巡狩吳王爺啊。

汝等神明豈懂男女情愛之事。

小生曾有一妻，與吾相濡以沫，

豈知人有壽終、妖無命絕⋯⋯

吾妻百年後，小生悲痛欲絕，

只求再得一真心人，互敬互重⋯⋯

頭好痛⋯⋯

正所謂男大當婚、女大當嫁，

倘若彼此心意相通——

講什麼碗糕
聽不懂啦！

！

……八爺，這似乎不合規矩。

糟、糟糕，忘記跟她講這一條了……

這傢伙還真囉唆耶！

人家又不喜歡你，

你一個人在唱什麼歌仔戲啊。

官、官官……妳犯了引路人的大忌了。

嗯？

要是對方沒有攻擊我們，

我們絕對不能出手……

蛤？

這是什麼奇怪的規定？

159

這是保護雙方的協議，

誰一但主動出手……

對方就可以以自衛的名義……

毫無保留地反擊。

第六十九條路

成長的養分

小生本不願對
女流之輩出手……

如今可別怪小生
不客氣了。

官官，他跟妳過去
對付的小妖怪不一樣，

他很強，
千萬別小看他。

沒關係，

剛好我也可以
試試我的招式。

千手淨水露！

喝啊啊啊 ！

風嗖 風嗖 風嗖

蛇鱗。

啪 啪 啪 啪

你中計了。

啪

我們真的
不願意動粗，

只要你不再騷擾
人類，我們這就
回去。

哼，汝等懂什麼？

這等皮肉之痛，哪比得上小生
喪妻後日日撕心裂肺之苦！

你想怎麼
說都行，

但別忘了，
我們有三個人。

三人？

伊不加入戰局？

……

感受不到靈力，伊應為四人中最弱的，

但⋯⋯為何如此冷靜⋯⋯

勸你別打他的主意，

激怒他對你沒有好處。

欺凌幼小？小生豈是如此寡廉鮮恥之輩。

說得好！

我也不喜歡以多欺少，

我跟你一對一！

官官，
妳瘋了嗎？

妳沒辦法單獨
對付他的！

我做得到！

代天府也在
這裡……

我是不會讓城隍處
被看笑話的！

代天府？是因為
小王爺吧？

這女孩
真有意思。

了解，
我不插手了。

吳王爺！

八爺，
我們的來時路
都不輕鬆吧？

有時候身陷危險
也是成長的養分啊。

何況小王爺也是
這樣走過來的唷，

呵呵。

八爺，

拜託請讓
我試試！

⋯⋯

……好吧，

務必小心。

知道了！

丫頭，

汝認真要與
小生一戰？

我還是聽不懂
你在說什麼啦！

總之放馬過來吧！

眼下仍有
反悔餘地，

小生尚未蛻皮，
蛻皮後實力可不只如此。

剛好我也還沒使出全力呢！

引路人

第七十條路
蛻皮

呃……

唔喔……唔唔……

唔唔啊啊啊！

驚人的妖力，
更勝金魅⋯⋯

怪不得八爺
會說他很強⋯⋯

我真的⋯⋯

好久沒有化身
這般姿態了。

贏得了他嗎？

179

讓汝久等了。

你的樣子還真
嚇人欵。

小生也不願以
此面貌示人，

敵眾我寡，為求脫困
實屬不得已，見諒了。

好，結束了吧，

啪 啪 啪 啪

那我要攻過去囉！

小生最敬重懂禮節之人，

請。

哦？

嗚……

好快！

不分高下？

小王爺，你怎麼看？

她不是蛇的對手。

如果你的靈力還在，

你覺得你對付得了蛇郎君嗎？

……要花一點時間。

感謝汝陪小生小試牛刀。

已經許久未有這般……

盯上獵物之後的興奮感了。

那兩條蛇，讓他可以同時攻擊和防禦……

嘶 嘶 嘶

得想辦法處理牠們才行……

太明顯了，汝在思考戰術嗎？

想必欲針對小生之愛蛇吧？

別忘了，汝的對手不只有牠們，

還有小生。

太魯莽了！

在空中是完全沒辦法閃避的啊！

令自己毫無退路？

小生著實不解。

去！

八爺，這是你教她的？

這小女孩果然不是一般人啊。

但這莽撞的攻擊手段大概是跟安仔學的吧

......

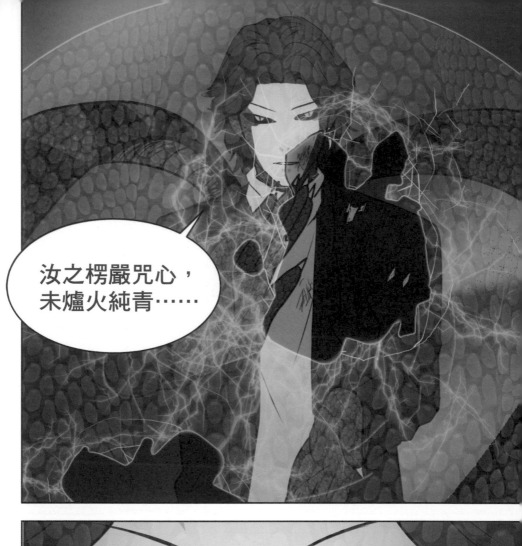

汝之楞嚴咒心，
未爐火純青……

否則小生恐
難以倖免了。

噴毒

呲呲呲

嗚……

第七十一條路

什麼都不怕

官官！

呃啊啊啊啊啊！

唔……

……

噠噠噠

須彌山落

噴……

靈蛇遊步

！

放心，我剛剛已經說過不參戰了，

我們不會聯手襲擊你的。

何況八爺一人就綽綽有餘，

蛇郎君，你太小看引路人了。

……

八爺，

謝謝你出手幫忙……

但我剛剛已經答應那條臭蛇了，

這是我跟他的戰鬥。

……

除非我倒下，到時候再麻煩你了。

官官妳太逞強了！

妳什麼都看不到要怎麼對付他！

不可以……

不可以這樣的……

不可以總是依賴你們，

不可以老想著反正你和七爺會來救我……

……這孩子，很厲害。

咯……咯……

也難怪盧清、韓德奈何不了他。

可惜了，
這樣的人才。
住手！
……女人
的聲音？
在幻境外？
幻境消散了？
這又是怎麼回事？
三哥，我明白為什麼
這孩子這麼厲害了。
妳應該是……
……陳守娘吧？

你們是誰？

南鯤鯓代天府。

子言哪裡
得罪你們了？

這孩子重傷了引路人
盧清爺和韓德爺，

我們必須將
他緝拿歸案。

！？

天啊……
子言……

……你做了
什麼？

咕……唔……

啊啊啊啊啊！

沒事了⋯⋯

子言⋯⋯已經
沒事了⋯⋯

……

小王爺？

怎麼了？

……妳被騙了。

第七十二條路

障眼法

別管那兩隻蛇。

直接攻擊他。

什⋯⋯麼？

別管蛇⋯⋯

那怎麼行？

吳王爺，現在情況跟剛剛不一樣了。

我們可能隨時要出手幫忙。

不需要的，

剛剛小王爺已經告訴她蛇郎君的弱點了，

接著就是看她自己爭不爭氣了。

怎麼可能不管那兩隻蛇，

牠們隨時都會攻擊官官啊！

不。

他就是想讓對手以為，蛇身負責攻擊，本體負責防禦，

他的攻防是天衣無縫的。

但事實上，

他從頭到尾都只有防禦。

我不懂……這是什麼意思？

官官確實受傷了啊……

仔細想想，

剛剛蛇身發動攻擊都是在什麼情況下？

第一次是——

官官想用淨水露攻擊蛇郎君前，

官官先一步閃開了蛇咬。

第二次是官官試圖抑制那兩隻蛇的時候，

蛇噴出了神經毒素。

對，

我猜那兩隻蛇被下達的指令，

這就是他的障眼法。

就是永遠以保護本體為第一優先……

只有趁對方試圖克制或閃避雙蛇，

露出破綻時，雙蛇才會進行攻擊。

所以對付他最好的進攻手段——

……就是死命地攻擊本體。

完全正確。

……讓那兩條蛇忙著去保護蛇郎君，疲於奔命。

……汝一開始就發現了？

我說得沒錯吧？

蛇郎君。

沒有，

其實這還要
感謝你的提點。

別忘了，汝的對手
不只有牠們，

還有小生。

一般來說，

怎麼會特地提醒敵方
要怎麼對付自己呢？

所以啦，
我就在想，

該不會這句話只是故意
想誤導我們而已吧？

該不會根本就不用
同時對付你們……

可恨的頭腦……

小王爺……

也是從那句話
聽出來的……?

他啊,不是吧。

我想他純粹是
從戰鬥中解讀
出來的,

他天生就有
這樣的直覺,

能從交手中
閱讀對方的弱點。

……

跟安仔……

……是同一類人。

原來是這樣……

小王爺，謝了。

汝等知道又如何？

汝雙目皆不能視，何以應對小生攻勢！

知道不用煩惱那兩條蛇，

只要盡全力攻擊你就好，

頓時就輕鬆多了呢。

噴！

八爺，我問你喲。

如果我學會元神之後，

同時用元神和雙手結印，會有衝突嗎？

哈哈，
妳終於發現了！

這就是元神
最強大的優勢。

妳和周的硬傷
都是靈力不足，

這需要長時間的練習，
沒有任何捷徑。

但是對咒術者來說，
卻有一個訣竅。

要是施展完之後
對手沒有徹底倒下，

那倒下的就會是妳了。

沒有任何轉圜餘地。

楞嚴咒心……

哎呀呀，
這可不是……

具象化了。

第七十三條路

郎君

小生乃蛇精，自然無名無姓，
也不明白何以要取名……

別總是蛇精蛇精的，

在我看來，

妾身從未遇過
像你一樣溫柔的人。

你才不是蛇精……

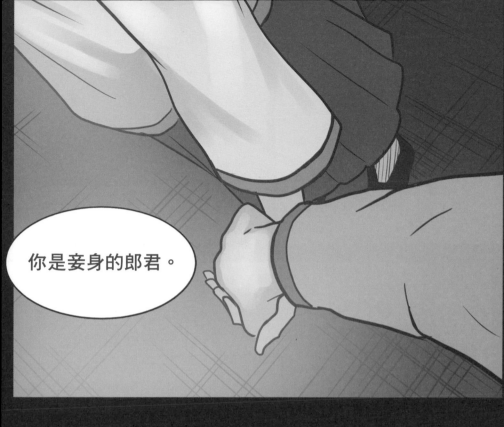

你是妾身的郎君。

郎君⋯⋯我想起來了，

原來是從那時候開始⋯⋯

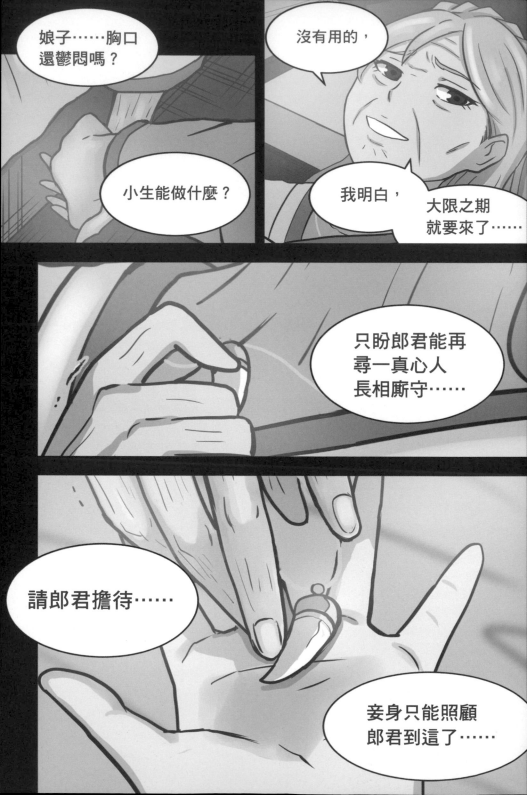

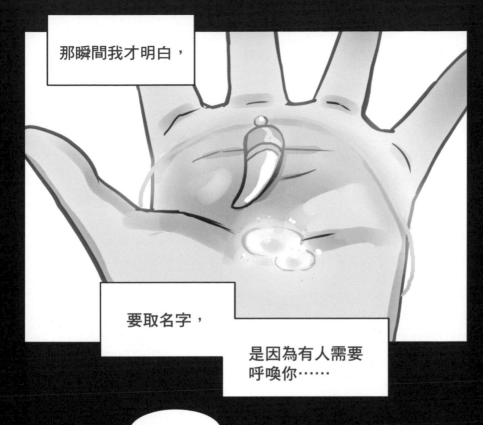

那瞬間我才明白，

要取名字，

是因為有人需要呼喚你……

你不怕啊？

這座山上有蛇郎君啊……

蛇郎君……

蛇郎君會吃人吶……

曾幾何時，

呼喊這個名字的聲音，

只剩下了恐懼……

小心蛇郎君把妳抓走……

蛇郎君……

這是妻子留給我的名字，
是溫柔的名字……

請你們用溫柔的語氣呼喚它……

郎君。

嗯……

……既要阻止小生，

又何以相救？

唔……

醒了？

不是我救的，

要謝就謝八爺和官官吧。

我只是……

用光靈力……

不趕緊治療妳的眼睛會瞎掉的！

先……去救他……

他的命……

比我的眼睛……重要！

……

吳王爺……

你可以先幫我給官官一些靈力嗎？

······

她還在治療中，
你的蛇毒還真凶啊。

！

怛陀揭多耶，

阿羅訶帝，
三藐三勃陀耶

他⋯⋯醒了？

⋯⋯嗯。

247

有人慫恿
是什麼意思？

……看來這陣子北部
的妖怪蠢蠢欲動，

都是有人在背後
操控的……

那人先是問小生
願不願與伊合作，

小生拒絕了，接著伊就說，
難道不想撫平喪妻之痛？

於是便提及何不於
人間再尋一妻？

他希望你們怎麼合作？

小生向來獨來獨往，
對合作毫無興趣，

所以未多著
墨合作內容，

只知道伊有一個計畫。

計畫！

那人有說他
的名字嗎？

嗯……那人名
為三聞達多，

印象中是叫……
破界計畫。

丫頭她⋯⋯情況如何？

八爺。

嗯⋯⋯

⋯⋯

⋯⋯沒有生命危險，

但延誤了治療眼睛
的黃金時間⋯⋯

……休養後仍有很高的機率會失明……

……她可能再也看不到東西了。

小生……
小生有一個
不情之請，

不知引路人
是否能夠接受？

小生……願與
汝等共赴靈界，

照料丫頭。

這……

我必須得到城隍處的許可。

小生明白，
人心不可輕信，

小生願隨行至城隍處，
親自向城隍爺輸誠。

看來事情解決了。

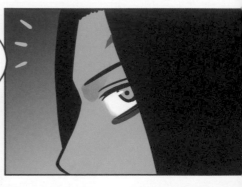

還得到了一些線索，
破界計畫……

三聞達多、瞿迦梨一行人
在打什麼主意？

怎麼了？

吳王爺。

你之前說，

有辦法讓我恢復靈力。

第七十四條路

牧童

唔！失、失敗了⋯⋯

剛剛大哥說了什麼？

謝謝大哥，那我們現在就出發了。

又搞砸了⋯⋯

要當個幽默的上司還真難啊⋯⋯

大哥。

哈⋯⋯

是、是嗎⋯⋯

剛剛那句話，很有意思。

我們……
要去哪？

靈力全失不是能
輕鬆解決的小問題，

要恢復你
的靈力，

只有求助天時、
地利、人和。

小王爺你知道，

要說到少年才俊，你
不是我認識的第一個。

……

很久以前，有一
個放牛的牧童，

也像你一樣，有
得天獨厚的資質。

有一天，大雨滂沱，

他赫然發現，
明明下著大雨，

牧童在避雨
之時，

無意間走進了一片
林投樹林⋯⋯

在樹林中卻有一片空地
一滴雨水都沒有⋯⋯

於是他走進了
這塊風水之地，

牧童本來就有極高的天賦，
再加上吸收日月精華，

頓時他就有了
呼風喚雨的能力。

但牧童不知道，
這塊風水之地，

本是我們王爺挑定
建廟的位址，

於是在一連串
誤會下，

我們和牧童起了
一些爭執……。

牧童召集了
陰兵陰將，

與我們在榔榔山日夜
激戰，難分勝負……

後來，是觀音大士
出面調停，

我們得以在
南鯤鯓建廟，

但條件是也要幫
牧童在同一位址
建一小廟，

民眾拜過千歲
必再拜小廟，
共享香火。

只是……
一個牧童？

呵，你最好
別這麼想。

如果你不想
吃苦頭的話。

靈界 楝欄山

現世的棟樃山虎峰已經變成南鯤鯓代天府了，

成為進香供奉之地，

……

牧童也就轉移陣地到靈界來，

尋一風水之地，另闢「棟樃山」。

三哥……

老朋友，我們是南鯤鯓的人，

我知道。

請現身吧。

唉，和小主子整天待在這，

悶到我的頭髮都軟趴趴的咧～

看不出來。

實不相瞞，

這次我們來就是為了給你們生活帶來一點樂趣的。

......

哇，我還以為是哪吒那渾小子咧，

想說你敢帶他來還真有種啊。

？

這是另一樁舊事……

總之，他們跟三太子……不太合。

第七十五條路

楝梛山的囝仔公

我知道你不喜歡拐彎抹角，

我就直說了。

這孩子因為一些意外靈力全失，

我們想借貴寶地一用。

因為椋榔山是風水之地，對於——

為什麼？

我是問……

殺頭的生意
有人做，

賠錢的生意
沒人做，

沒有好處的交易，
不論是誰都難以
接受，

更何況天資聰穎
的囝仔公？

哈哈哈，

吳王爺說起
順口溜啦！

話術是挺
漂亮的，

但小主子是不吃
拍馬屁這套的喔！

暗爽
↓

小、小主子！

當然不只是話術，

我這邊有一些
條件給你們
參考一下。

第一，

雖然這塊地
是你先佔了，

但一直沒有
產權保護吧，

難保未來不會
再發生兩百年前
同樣的情況。

代天府將承認
靈界榠榔山為
囝仔公所有。

只要你願意出借
地方一用，從此
這片地便在你的名下，

……哈，就算沒有
你們的核可又怎樣？

現在的情況跟
兩百年前不同，

靈界誰不知道
榠榔山上有
囝仔公？

我認為這是相當
划算的交易。

誰敢來犯？

香火越旺，
法力越強，

失去香火的神明，
甚至會逐漸被
世人遺忘，

這是不變的道理。

……

真高明。

對我們而言只不過
是對外說一句話，
沒什麼損失，

對他來說卻是
名和利……

成功了！

雖然我很不喜歡你們一夥，

但你開的條件確實很吸引人……

可惜我太了解你們那一套了，

我懶得跟你們玩權謀，

所以滾吧，

本大爺還是喜歡自由自在。

今天進到你們的體系裡，

明天一定會後悔。

278

吳王爺功虧一簣喔！
小主子可不像你們
個個都利欲薰心，

下次摸清小主子
的個性再來吧！

第三……

這孩子叫小王爺。

小王爺……

那豈不是本大爺的稱號嗎？

颼嗖呼呼呼

小王爺……這個綽號本來指的是囝仔公，

因為年紀輕輕就能與眾王爺共祀，所以民間也稱呼他小王爺。

直到盧清韓德事件之後，

媒體慢慢把這個封號封到了你的頭上，

原來就是你啊……

反而是囝仔公被稱為小王爺的事情逐漸被淡忘了……

小屁孩，你真的這麼強？

啾 啾 啾

事情……
就是這樣。

蛇郎君那混蛋！

要不是官官先出手，

我一定讓那傢伙去
大叫喚地獄嚐嚐苦頭！

但官官本人也不希望蛇郎君受到懲處……

哼……蛇郎君人呢？

我跟他說，在讓他跟老大會面之前，

我需要先跟你稟報這件事。

我是說，

他人現在在哪？

喔喔，因為他還不准私下會見官官，

所以我安排了一個工作給他。

我一向很信任你，你怎麼會搞成這樣？

放任她跟妖怪一對一？

是，這樣的行為相當差勁。

執法要有執法的紀律，你以為我們是黑道嗎？

事後回想起來，官官會變成今天這樣，

我要負最大責任……

……

唉，
罷了罷了……

原本還指望官官
可以幫北部拿下
一個引路人資格的，

叫她忘了引路考
的事吧。

看來一年後的引路考
又沒指望了……

眼下最重要的，就是賭那百分之一的可能性，

不計代價也要把她的眼睛醫好。

是……

（下集待續）

幻想藏書閣

引路人・卷四

漫　　　畫／羅寶
編　　　劇／桑原
企畫選書人／王雪莉
責 任 編 輯／張世國
版權行政暨數位業務專員／陳玉鈴

資深版權專員／許儀盈
行銷企畫主任／陳姿億
業 務 協 理／范光杰
總　編　輯／王雪莉
發　行　人／何飛鵬
法 律 顧 問／元禾法律事務所　王子文律師
出版／奇幻基地出版
　　　城邦文化事業股份有限公司
　　　台北市 115 南港區昆陽街 16 號 4 樓
　　　電話：(02)25007008　　傳眞：(02)25027676
　　　網址：www.ffoundation.com.tw
　　　e-mail：ffoundation@cite.com.tw
發行／英屬蓋曼群島商家庭傳媒股份有限公司城邦分公司
　　　台北市 115 南港區昆陽街 16 號 8 樓
　　　書虫客服務專線：(02)25007718・(02)25007719
　　　24 小時傳眞服務：(02)25170999・(02)25001991
　　　服務時間：週一至週五 09:30-12:00・13:30-17:00
　　　郵撥帳號：19863813　　戶名：書虫股份有限公司
　　　讀者服務信箱 e-mail：service@readingclub.com.tw
　　　歡迎光臨城邦讀書花園　網址：www.cite.com.tw
香港發行所／城邦（香港）出版集團有限公司
　　　香港九龍九龍城土瓜灣道 86 號順聯工業大廈 6 樓 A 室
　　　電話：(852) 2508-6231　傳眞：(852) 2578-9337
　　　e-mail：hkcite@biznetvigator.com
馬新發行所／城邦（馬新）出版集團
　　　【Cite(M)Sdn Bhd】
　　　41, Jalan Radin Anum, Bandar Baru Sri Petaling,
　　　57000 Kuala Lumpur, Malaysia.
　　　Tel: (603) 90563833　Fax:(603) 90576622

封面設計／寬寬
排　　　版／芯澤有限公司
印　　　刷／高典印刷有限公司
■ 2024 年 6 月 4 日初版

ISBN 978-626-7436-15-8

售價／399 元

城邦讀書花園
www.cite.com.tw

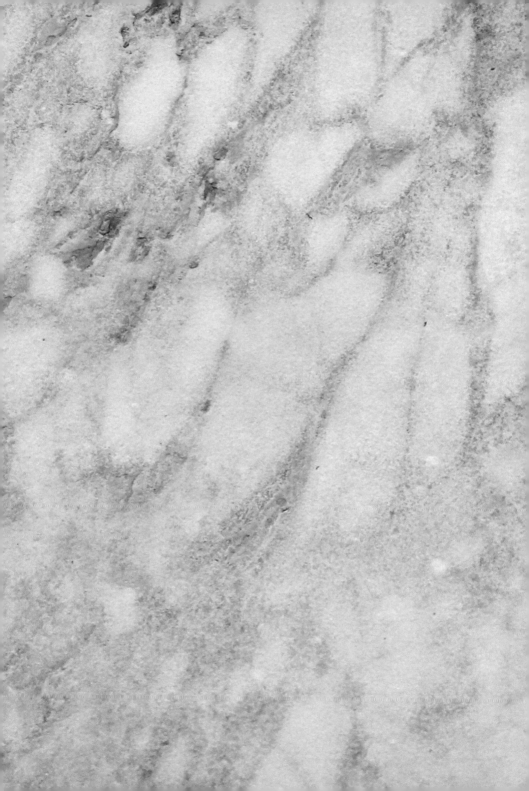